舞厅还是饺子

艾米丽·孙

一本Storyshares的书

易读难舍

storyshares.org

Storyshares
在全球图书馆中构想新的书架

storyshares.org
费城, 宾夕法尼亚州

国际标准书号 # 9798885974394

storyshares.org

目录

第一章

"天哪，艾玛，你到底在吃什么！"

这声喊叫来自姨妈，她说的是中文，站在门口，双臂交叉。她的额头上皱纹如科罗拉多州的沙丘一般。她那乌黑的头发剪到肩膀，随着她不满地摇头而来回摆动。

她的手指又长又细，这是小时候练习钢琴的结果。她的手指在空中舞动，指向我的牛奶和麦片碗。

她在春节前两周搬来这里，帮我们照顾我的妹妹安妮卡，同时我们也在为即将到来的春节聚会做准备。

一周来，她一直在挑我犯的每一个小错误。先是我没有每天练习一小时的长笛，然后我忘记把留在餐桌上的作业纸收起来。她甚至对我出门时没有把头发扎得整整齐齐也有意见。我这次又做错了什么？

"那算什么食物？"她还在尖叫，"什么样的中产阶级小姐会把面包屑放在牛奶里，然后称之为早餐？"

我呻吟着，小心地拼凑我所知道的一点中文，试图取悦姨妈。"这叫麦片，姨妈。无论如何，我得去上学了。我的闹钟没电了，没能叫醒我。"我说着，把碗放进洗碗机，推回椅子。

"别走开，小姑娘。看看你的妹妹，"姨妈说着，指向安妮卡。她安静地坐在椅子上，吃着里面装满了剩菜的粥。"看看她在吃什么。这才是高质量的中式早餐。你这个年纪应该知道得更好。"

安妮卡用天真无邪的棕色大眼睛看着我。

我咬紧牙关，试图忍住不说出刺耳的话。姨妈总是拿我跟一个七岁的小孩比，而她比我晚两个小时才上学，而我却在赶时间。她为什么不能理解我？

就在我准备转头离开时，妈妈走过来，平静地介入。

"好了好了，这都是怎么回事？姐姐，我肯定艾玛只是想准时去上学。毕竟，看她的成绩：全是A！你应该为她在教育方面给我们家争光而感到骄傲。而且，她还会策划这个星期天的春节聚会呢！她一定会让我们骄傲的，姐姐。"

妈妈眨眼微笑，露出了酒窝。她那光滑的黑发扎成马尾，发根上已有白发隐隐约约地出现。她的脸颊上布满了棕色的小斑点，但她的眼睛依然闪烁着多年前我和安妮卡一样年纪时的光彩。

姨妈叹了口气，"好吧，我暂且不管这件事了。不过，之后我不想再在餐桌上看到那种肮脏的早餐了。现在，快去上学吧。"

第二章

门铃响了，这是阳阳来接我一起去上学的信号。她的时间掌握得真好，我很感激。我打开门，吸了一口气。

阳阳站在我面前。她穿着一条只盖到大腿一半的格子裙，配上一件粉色的短款毛衣，上面印着"我很可爱，我知道"几个大字。

我习惯了她的穿衣风格，但当我回头看向姨妈时，她的嘴巴张得老大，我知道我又要挨她的骂了。

姨妈用中文低声嘀咕着，阳阳听不懂。"天哪！这是你的朋友吗？她穿得这么不合适！她不知道现在是几月吗？"

阳阳用她那开朗的个性大胆地喊道，"嘿，艾玛！我来接你了，独一无二的你！"她笑了，露出带着粉红色金属牙套的牙齿。她向我家人打了招呼，"早上好，祝你们一天愉快！走吧，艾玛！"

我勉强挤出一个尴尬的笑容，向姨妈挥手告别。"再见，姨妈。再见，妈妈。再见，安妮卡。大家一天愉快。"

当我走出门时，姨妈以为我听不见，她低声嘀咕道，"她在美国朋友面前连自己的语言都不说了。"

走出家门后，我松了口气。"天哪，我快受不了我姨妈了。"

阳阳拍了拍我的背。"嘿，我理解你。不过，说到昨天你提到的那个聚会筹划怎么样了？"

我立刻兴奋起来，向我最好的朋友解释我的计划。

"所以，我在想，既然我们是在公园里晚上举行，可以加一些闪亮的灯光。我们可以把灯挂在树上和灌木丛中！一定会很棒的。我表姐们也要来，所以我得给她们留下深刻印象！"

"好主意！至于食物，薯片、可乐和冰淇淋是必备的。相信我，我有很多青少年的表弟表妹，"阳阳说。

一开始我觉得这个主意很棒，但随后我想起姨妈对我在朋友面前换语言的评论。我对我的中国文化并不太确定，但我也不想让家人失望。所有这些美式食物真的是必备的吗？这个想法在我整天的上学期间都挥之不去。

"哔——！"铃声响了，我们赶在最后一秒冲进教室。

第三章

放学后，我坐在沙发上，拿着铅笔和笔记本，写下聚会的计划。就在这时，妈妈走进来，坐在我旁边。

"学校怎么样？"

这是她惯常的问题。我照常回答，"还行。今天有个数学测试。我还不知道分数。"

"好吧，我女儿总是得一百分！你准备好你的春节聚会了吗？听说表姐安洁要来。我期待着你会挂上所有传统装饰！灯笼、红纸剪纸，别忘了虎年运气的符号。你准备了什么？"

我立刻感到胃里一阵不安。我还没有为聚会准备任何中国元素。我知道是春节，但我对自己的文化并没有那么兴奋。我也不想因为我的文化知识有限而让姨妈失望。

"嗯，我还不确定，还在计划中！"我苦笑着。

妈妈眨了眨眼，离开了我的房间。我深深叹了口气，拿起笔记本继续为聚会出谋划策。我开始试着在计划中加入一些我的文化元素。

第二天，当我正在吃我的"正宗中式早餐"时，我听到楼上传来一声尖叫。

"艾玛！这些是你为聚会准备的计划吗？"姨妈的声音传来。

我抬头看到她挥舞着我的笔记本，匆匆跑下楼。那页详细记录我计划的纸像旗帜一样在空中飞舞。

"是的，姨妈，有什么问题吗？"我问道。

她的下巴掉了下来。"当然有问题！中国艺术呢？传统食物呢？鞭炮呢？"

"嗯，姨妈，我以为今年我们可以做点不同的事情。也许更……美国化一点？"

我眨了眨眼，等待姨妈的反对。

果不其然，她狠狠地摇了摇头。"绝对不行。我不会允许的。重新开始！"

我对姨妈已经完全失去耐心，所以不假思索地爆发出来，"我真希望我不是中国人。为什么你对我做的事有这么多要求！"我摔门而出，一路冲到房间里，

感觉耳朵里都要冒烟了。

就在我在房间里时，电话响了。我拿起电话，迎来一个明亮而响亮的声音。

"嘿，最好的朋友！我是阳阳。只是想问问你要不要和我一起去买聚会的东西。我们可以之后一起去喝奶茶……"她叽叽喳喳地说着我们可以做的事。

我打断她说，"我刚和姨妈吵了一架。你知道她是怎么回事。她什么都不让我做。我可能要拒绝了，试着修复关系。"一想到姨妈，我就叹了口气。

"哦，我明白。我也有个这样的叔叔，非常严格！不过没关系，如果你改变主意，我的邀请还在哦！再见。"阳阳挂了电话，留下我坐在床上，思考着这件事。

突然，妈妈敲了敲我的门，轻轻推开了门。"嘿，孩子。

你和你姨妈发生了什么事？算了，别回答了。你们俩得自己解决这个问题。不过，我来是想告诉你，我们明天打算包饺子！你想帮忙吗？"

"嗯……"我犹豫了一下。"我可能和阳阳有点小安排，不过我会看看！"

"哦，没关系，亲爱的。"她笑了笑，关上了门，但在她转身之前，我看到她的嘴角有一丝难过的痕迹。

我赶紧脱口而出，"其实，当然可以。为什么不呢？会很有趣的。"

妈妈的眼睛立刻又亮了起来，她点了点头，转身离开了。

我躺回床上，盯着白色的天花板。思考了几分钟后，我决定是时候试着修复我和姨妈的关系了。明天我会开始尝试。

第四章

　　星期六早上，我梳好头发，吃完早餐后，我们准备包饺子的材料。嗯，其实不是"我们"，更多的是我爸妈和姨妈。我对饺子一无所知，所以我只是像个雕像一样站在角落里，不想妨碍他们。当终于开始包饺子时，我笨手笨脚地处理着材料。

　　"像这样搅拌，艾玛。"妈妈耐心地示范着，用木勺在面粉碗里搅动。"这样可以把面块打散。"

　　我眨了眨眼，显然很困惑，努力模仿妈妈的动作。面粉块顽固地保持原状。

　　尽管如此，我还是决定继续尝试。我看着妈妈，她正在加入湿的材料。我也照做了，但不小心把太多的水倒进了面糊里。

我懊恼地呻吟了一声。

妈妈安慰性地拍了拍我的背。

她开始用擀面杖轻轻地把不成形的面团擀成一个光滑的圆形。

我试着模仿，但我的擀面杖在不平的面团上磕磕绊绊。我沮丧地叹了口气。

我看着安妮卡，她在玩弄剩下的面团。她看着我笑着，嘲笑我那灾难性的作品。爸爸也一边擀着面团一边偷偷笑了起来。我瞥见姨妈翻了翻白眼，呲了呲舌头。

一阵突然的沮丧感袭来，我盯着我的面团，感觉眼泪开始在眼眶里打转。我狠狠地把擀面杖摔在桌上，冲上楼，感到大家的目光都在困惑地注视着我。

在我的房间里，我开始撕掉笔记本里的页面，把它们揉成团。我想，如果我连饺子都不会包，我怎么能在聚会中融入中国文化呢？

就在那时，妈妈带着担忧的棕色眼睛走进房间，安慰我。"想谈谈吗？"她问。

我叹了口气，瘫倒在床上。"自从我决定策划一个美国化的聚会以来，一切都不顺利，"我抱怨道。"我真的不太舒服表达我家的文化。每次我尝试做中国人的样子，我都会搞砸。"

"我明白你受到姨妈和聚会的压力。"她坐在书桌椅子上。"我只想让你知道，无论你选择什么，我都会为你感到骄傲。"

"我知道。我只是需要弄清楚我要为聚会做什么。明天就是了！"我呻吟着，拿起笔记本。

妈妈笑了笑。"为什么不回来把饺子包完，然后我们再谈谈呢。"

我撅了撅嘴，但决定相信妈妈。我跟着她又进了厨房。当我离开时，爸爸已经包好了十个饺子。它们看起来精致而脆弱，但非常美味。

安妮卡向我挥手。"姐姐！看看我的饺子！"她举起她那一团面团，笑得合不拢嘴。

我笑了笑，妹妹的天真可爱让我忍俊不禁，然后我拿起擀面杖。当我试着把圆柱体压过面前的一团面团时，我感觉姨妈走到了我身后。

我准备好了接受一顿责骂。相反，我感觉她的柔软的手放在我的手上，指导我如何操作。我转过头，看见她的眼睛柔和起来，弯成了月牙形。

　　突然，包饺子不再是一件尴尬的事，一种新的认识在我脑海中闪过。在我们把各种形状的饺子放进沸水里煮的时候，我回到房间，重新策划我的中美结合的聚会。我也打电话给阳阳讨论我的计划，她完全支持。

第五章

在聚会当天，我准备了食物——煎饺、薯片和中国甜草药茶，并迎接所有的客人。

舞厅球灯照亮了舞池，红色的灯笼排成了一排。

我的表姐们走到我面前。"嘿，艾玛！好久不见你了。这个聚会真棒！"小梅说着，随着背景音乐摇动着她的臀部。

"小胖咬了一口多汁的肉说，"食物很棒，尤其是饺子。"

最小的表妹小丽兴奋地跳了起来，说，"舞厅球灯真是个有趣的点缀。"

"干得好，"她们一起说道。她们笑着走开，手挽着手走向舞池。

我感到一股自豪感涌上心头。站在墙边的姨妈向我微笑并挥手。她拿着一袋薯片，开心地嚼着。

中英两种方言在我耳边交织，但我只能想到，我学会了如何以自己的方式自豪地表达我的中美文化。

www.ingramcontent.com/pod-product-compliance
Lightning Source LLC
Chambersburg PA
CBHW071231170626
46809CB00005BA/2043